LE
BARBIER DE SÉVILLE

OU

LA PRÉCAUTION INUTILE,

OPÉRA COMIQUE EN QUATRE ACTES,

D'APRÈS BEAUMARCHAIS ET LE DRAME ITALIEN, PAROLES AJUSTÉES SUR LA MUSIQUE DE ROSSINI,

PAR CASTIL-BLAZE,

Représenté pour la première fois, à Lyon, le 19 septembre 1821 ; et à Paris, sur le théâtre de l'Odéon, le 6 mai 1824.

Personnages.	*Acteurs de Lyon.*	*Acteurs de Paris.*
LE COMTE ALMAVIVA	MM. DAMOREAU.	MM. LECOMTE.
BARTHOLO	MICALEF.	CAMOIN.
FIGARO	DÉRUBELLE.	LÉON.
BASILE	DUPORT.	VALÈRE.
PÉDRILLE	CHARLES.	FRÉDÉRIC.
ROSINE	Mmes FOLLEVILLE.	Mmes MONTANO.
MARCELINE	BRUNET.	CAMOIN.
UN NOTAIRE		MM. ÉDOUARD.
UN ALCADE		RIHOELLE.
UN OFFICIER		TANQUERELLE.

MUSICIENS, ALGUASILS, SOLDATS, VALETS.

La scène se passe à Séville.

ACTE PREMIER.

Une rue de Séville. — A gauche, la maison de Bartholo, avec un balcon, dont la fenêtre est grillée. — Il fait nuit.

SCÈNE I.

PÉDRILLE, MUSICIENS, avec des guitares, des clarinettes, des cors, des bassons.

INTRODUCTION.

PÉDRILLE.

Pianissimo, vous voilà tous,
De sa fenêtre approchez-vous.

LES MUSICIENS.

Pianissimo, nous voilà tous,
De sa fenêtre approchons-nous.

PÉDRILLE.

Il va se rendre
En ce séjour,
Faisons entendre
Nos chants d'amour.

SCÈNE II.

LE COMTE, PÉDRILLE, LES MUSICIENS.

LE COMTE.

Pédrille ! holà !

PÉDRILLE.

Je suis à vous.

LE COMTE.

Et tes amis ?

PÉDRILLE.

Les voilà tous.

LE COMTE.

Fort bien, faisons silence,
Douce espérance !
Je vais la voir,

LES MUSICIENS.

Remplissons bien notre devoir.

(Ils accordent leurs instrumens, et accompagnent le comte qui chante sous le balcon de Rosine.)

LE COMTE.

AIR.

Des rayons de l'aurore
L'horizon se colore,
Et celle que j'adore
Est loin de mes yeux.
Viens, ma voix t'appelle,
Et d'un amant fidèle
Daigne écouter les vœux.
Silence... à sa fenêtre
Je vais voir paraître
L'objet dont je suis épris.
　　Un doux sourire,
　　De mon martyre
　　Sera le prix.
　　Aimable ivresse,
　　Vive allégresse,
Moment d'amour et de bonheur !
Quel transport agite mon cœur !
Eh bien, Pédrille ?

PÉDRILLE.

Monseigneur !

LE COMTE.

La vois-tu ?

PÉDRILLE.

Non, vraiment.

LE COMTE.

Il n'est plus d'espérance.

PÉDRILLE.

Monseigneur, le jour avance.

LE COMTE.

Ah ! pourquoi tant de rigueur ?

(Aux musiciens.)

Mes amis !

LES MUSICIENS.

Monseigneur ?

LE COMTE.

Je reconnais ce soin;
De vos talens ici nous n'avons plus besoin.

(Il donne une bourse à Pédrille qui les paie.)

PÉDRILLE, aux musiciens.

Bonjour à tous, qu'on se retire,
Il ne nous reste rien à dire,
Mon maître reconnaît ce soin;
De vous ici nous n'avons plus besoin.

LES MUSICIENS entourent le comte et le remercient.

Il nous paie en seigneur,
Cela doit nous surprendre;
Que de grâces à vous rendre,
Quel profit, quel bonheur !

LE COMTE et PÉDRILLE.

Mes amis, c'est assez, point de bruit, taisez-vous,
Race maudite, laissez-nous.

LES MUSICIENS.

Pour nous quelle aubaine !
La chose est certaine,
C'est un homme de qualité,
C'est à la générosité
Qu'on reconnaît la qualité.

LE COMTE et PÉDRILLE.

Quel tumulte, quel vacarme !
Nous faisons un sot métier,
Les marauds sèment l'alarme
Dans tout le quartier.
Allez, allez, race maudite,
Laissez-nous et fuyez vite,
Ou bien je vous ferai chasser.
　　Quelle peine !
Comment nous en débarrasser ?

LES MUSICIENS.

Pour nous quelle aubaine !
Oh ! la chose est certaine,
C'est à la générosité
Qu'on reconnaît la qualité.

(Les musiciens redoublent leurs importunités; le comte et Pédrille, contrariés par le bruit qu'ils font, finissent par les chasser.)

LE COMTE.

Les enragés ! suis-les, Pédrille, de peur qu'ils ne reviennent sur leurs pas. Tu m'attendras à l'hôtel.

SCÈNE III.

LE COMTE, seul.

Si quelque aimable de la cour pouvait me deviner à cent lieues de Madrid, donnant des sérénades pendant la nuit, arrêté tous les matins sous les fenêtres d'une femme à qui je n'ai jamais parlé, il me prendrait pour un Espagnol du temps d'Isabelle... Pourquoi non ? chacun court après le bonheur. Il est pour moi dans le cœur de Rosine... Mais quoi ! suivre une femme à Séville, quand Madrid et la cour offrent de toutes parts des plaisirs si faciles ?... Eh ! c'est cela même que je fuis. Je suis las des conquêtes que l'intérêt, la convenance ou la vanité nous présentent sans cesse. Il est si doux d'être aimé pour soi-même... et si je pouvais m'assurer, sous ce déguisement...

FIGARO, en dehors.

La la la, la la la, la la la.

LE COMTE.

Au diable l'importun !

(Il se retire sous une arcade.)

SCÈNE IV.

FIGARO, LE COMTE, caché.

FIGARO.

AIR.

Place au factotum de la ville!
La la la la la la la la la.
Vite au travail, on s'éveille à Séville,
La la la la la la la la la.
　　La belle vie,
　　En vérité,
Pour un barbier de qualité !
Ah ! mon sort est digne d'envie,
La la la la la la la la la,
Et ma gaîté jamais ne finira.
La leran la leran ta leran la.

Venez, venez à ma boutique,
Pauvres malades, venez là.
Prenez, prenez mon spécifique,
De tous maux il vous guérira.
Faut-il donner un coup de peigne?
Messieurs, on est bientôt servi.
Ordonne-t-on que l'on vous saigne?
Je peux vous opérer aussi.
Et puis, toujours faveurs nouvelles,
Avec les galans et les belles.
Avec les belles, la leran la.
(Lazzi de donner un billet doux.)
Avec les galans la leran la.
(Lazzi de recevoir une bourse.)
　　　La belle vie,
　　　En vérité,
Pour un barbier de qualité!
De toutes parts on me demande,
En mille lieux il faut que je me rende.
— Cher Figaro, dépêchez-vous,
Allez porter ce billet doux.
— Vite la barbe et vite un coup de peigne.
— Ah! je me meurs! il faut que l'on me saigne,
Cher Figaro, dépêchez-vous,
Allez porter ce billet doux.
Figaro? — Figaro? — Figaro? — Mais de grâce!
Comment voulez-vous que je fasse?
Figaro! — Me voici. — Figaro! — Me voilà.
Figaro ci, Figaro là,
A vous servir voyez que je m'empresse,
Je voudrais bien redoubler de vitesse,
Mes-ieurs laissez-moi respirer!
Qu'avez-vous donc à désirer?
　　　Ah! bravo, Figaro!
　　　Bravo, bravisimo!
A la fortune en peu d'instans tu vas voler.
(Apercevant le comte.) J'ai vu cet abbé-là quelque part.

LE COMTE, à part.
Cet homme ne m'est pas inconnu.

FIGARO.
Eh non, ce n'est pas un abbé. Cet air altier et noble...

LE COMTE.
Cette tournure grotesque...

FIGARO.
Je ne me trompe point, c'est le comte Almaviva.

LE COMTE.
Je crois que c'est ce coquin de Figaro.

FIGARO.
C'est lui-même, monseigneur.

LE COMTE.
Maraud! si tu dis un mot...

FIGARO.
Oui, je vous reconnais; voilà les bontés familières dont votre excellence m'a toujours honoré.

LE COMTE.
Appelle-moi Lindor. Ne vois tu pas à mon déguisement que je veux rester inconnu?

FIGARO.
Je me retire.

LE COMTE.
Au contraire, j'attends ici quelque chose, et tu peux m'être fort utile.

FIGARO.
Que regardez-vous de ce côté?

LE COMTE.
Sauvons-nous!

FIGARO.
Pourquoi?

LE COMTE.
Viens donc, malheureux! tu me perds.
(Ils se cachent.)

SCÈNE V.

BARTHOLO, ROSINE, sur le balcon;
LE COMTE, FIGARO, cachés.

ROSINE.
Comme le grand air fait plaisir à respirer! cette jalousie s'ouvre si rarement...

BARTHOLO.
Quel papier tenez-vous là?

ROSINE.
Ce sont des couplets de la *Précaution inutile*, que mon maître de chant m'a donnés hier.

BARTHOLO.
Qu'est-ce que la *Précaution inutile*?

ROSINE.
C'est une comédie nouvelle.

BARTHOLO.
Quelque sottise d'un nouveau genre!
ROSINE, le papier lui échappe, et tombe dans la rue.
Ah! ma chanson! ma chanson est tombée. Courez, courez donc, monsieur; elle sera perdue.

BARTHOLO.
Que diable, aussi! l'on tient ce qu'on tient.
(Il quitte le balcon.)
ROSINE regarde en dedans, et fait signe dans la rue.
S't! S't! (Le comte paraît.) Ramassez vite, et sauvez-vous.
(Le comte ne fait qu'un saut, ramasse le papier et rentre.)
BARTHOLO sort de la maison et cherche.
Où donc est-il? je ne vois rien.

ROSINE.
Sous le balcon, au pied du mur.

BARTHOLO.
Vous me donnez là une jolie commission! Il est donc passé quelqu'un?

ROSINE.
Je n'ai vu personne.

BARTHOLO, à lui-même.
Et moi qui ai la bonté de chercher... Bartholo, vous n'êtes qu'un sot, mon ami. Cela doit vous apprendre à ne jamais ouvrir de jalousie sur la rue. (Il rentre.)

ROSINE, à elle-même.
Mon excuse est dans mon malheur; seule, enfermée, en butte aux persécutions d'un homme odieux, est-ce un crime de tenter à sortir d'esclavage?

BARTHOLO, paraissant au balcon.

Rentrez, signora ; c'est ma faute si vous avez perdu votre chanson ; mais ce malheur ne vous arrivera plus, je vous jure.

(Il ferme la jalousie à clé.)

SCÈNE VI.

LE COMTE, FIGARO ; ils entrent avec précaution.

LE COMTE.

A présent qu'ils sont retirés, examinons cette chanson, dans laquelle un mystère est sûrement renfermé. C'est un billet !

FIGARO.

Il demandait ce que c'est que la *Précaution inutile !*

LE COMTE, lisant vivement.

« Votre empressement excite ma curiosité ; si-» tôt que mon tuteur sera sorti, trouvez quelque » moyen ingénieux pour m'apprendre enfin le » nom, l'état et les intentions de celui qui paraît » s'attacher si obstinément à l'infortunée Rosine. »

FIGARO.

Cela me regarde. (Contrefaisant la voix de Rosine.) « Ma chanson, ma chanson est tombée ; courez donc !... » (Il rit.) Ah ! ah ! ah !... Oh ! ces femmes ! voulez-vous donner de l'adresse à la plus ingénue ? enfermez-la.

LE COMTE.

Ma chère Rosine !

FIGARO.

Monseigneur, je ne suis plus en peine des motifs de votre mascarade ; vous faites ici l'amour en perspective.

LE COMTE.

Te voilà instruit ; mais si tu jases...

FIGARO.

Moi jaser !... Je n'emploierai point, pour vous rassurer, les grandes phrases d'honneur et de dévoûment dont on abuse à la journée ; je n'ai qu'un mot : mon intérêt vous répond de moi ; pesez tout à cette balance, et...

LE COMTE.

Fort bien. Apprends donc que le hasard m'a fait rencontrer au Prado, il y a six mois, une jeune personne d'une beauté... tu viens de la voir ! Je l'ai fait chercher en vain par tout Madrid. Ce n'est que depuis peu de jours que j'ai découvert qu'elle s'appelle Rosine, est d'un sang noble, orpheline et mariée à un vieux médecin de cette ville nommé Bartholo.

FIGARO.

Joli oiseau, ma foi ! mais difficile à dénicher ! Mais qui vous a dit qu'elle était femme du docteur ?

LE COMTE.

Tout le monde.

FIGARO.

C'est une histoire qu'il a *forgée* en arrivant de Madrid, pour donner le change aux galans et les écarter ; elle n'est encore que sa pupille ; mais bientôt...

LE COMTE, vivement.

Jamais !... Ah ! quelle nouvelle ! j'étais résolu de tout oser pour lui présenter mes regrets, et je la trouve libre !... Il n'y a pas un moment à perdre, il faut m'en faire aimer, et l'arracher à l'indigne engagement qu'on lui destine. Ce tuteur est...

FIGARO.

Brutal, avare, rusé, amoureux et jaloux à l'excès de sa pupille, qui le hait à la mort.

LE COMTE.

La crainte des galans lui fait fermer sa porte ?...

FIGARO.

A tout le monde. S'il pouvait la calfeutrer...

LE COMTE.

Ah ! diable, tant pis. Aurais-tu de l'accès chez lui ?

FIGARO.

Si j'en ai !... Je suis son barbier, son chirurgien, son apothicaire ; il ne se donne pas dans la maison un coup de rasoir, de lancette ou de piston, qui ne soit de la main de votre serviteur.

LE COMTE, l'embrassant.

Ah ! Figaro, mon ami, tu seras mon ange, mon libérateur, mon dieu tutélaire !...

FIGARO.

Peste ! comme l'utilité vous a bientôt rapproché les distances !... Parlez-moi des gens passionnés.

LE COMTE.

La porte s'ouvre.

FIGARO.

C'est notre homme ; éloignons-nous jusqu'à ce qu'il soit parti.

SCÈNE VII.

LE COMTE, FIGARO, cachés, BARTHOLO.

BARTHOLO sort en parlant à la maison.

Je reviens à l'instant ; qu'on ne laisse entrer personne... Quelle sottise à moi d'être descendu ! Dès qu'elle m'en priait, je devais bien me douter... Et Basile qui ne vient pas ! il devait tout arranger pour que mon mariage se fît secrètement demain... et point de nouvelles ! Allons voir ce qui peut l'arrêter.

SCÈNE VIII.

LE COMTE, FIGARO.

LE COMTE.

Qu'ai-je entendu ? Demain il épouse Rosine en secret !

FIGARO.

Monseigneur, la difficulté de réussir ne fait qu'ajouter à la nécessité d'entreprendre.

LE COMTE.

Quel est donc ce Basile qui se mêle de son mariage?

FIGARO.

Un pauvre hère qui montre la musique à sa pupille, infatué de son art, friponneau, besoigneux, à genoux devant un écu, et dont il sera facile de venir à bout, monseigneur... (Regardant à la jalousie.) La v'là, la v'là! Derrière sa jalousie, la voilà!

(On entend une croisée qui se ferme avec bruit.)

LE COMTE.

Crois-tu qu'elle se donne à moi, Figaro?

FIGARO.

Elle passera plutôt à travers cette jalousie, que d'y manquer.

LE COMTE.

C'en est fait, je suis à ma Rosine pour la vie.

FIGARO.

Vous oubliez, monseigneur, qu'elle ne vous entend pas.

LE COMTE.

Monsieur Figaro, je n'ai qu'un mot à vous dire : elle sera ma femme; et si vous servez bien mon projet en lui cachant mon nom... tu m'entends, tu me connais...

FIGARO.

Je me rends...

LE COMTE

Lindor compte sur ton adresse.

FIGARO, vivement.

Moi, j'entre ici, où, par la force de mon art, je vais, d'un seul coup de baguette, endormir la vigilance, éveiller l'amour, égarer la jalousie, fourvoyer l'intrigue, et renverser tous les obstacles. Vous, monseigneur, chez moi, et de l'or dans vos poches.

LE COMTE.

Pour qui de l'or?

FIGARO, vivement.

De l'or, mon Dieu! de l'or, c'est le nerf de l'intrigue!

LE COMTE.

Ne te fâche pas, Figaro; j'en prendrai beaucoup.

DUO.

FIGARO.

D'un métal si précieux
Je connais la magique puissance;
Et je vous promets d'avance
Le succès le plus heureux.

LE COMTE.

Ah! voyons ce qu'à ton génie
Ce métal peut inspirer. —
Songe bien qu'il y va du bonheur de ma vie.

FIGARO.

Il faut d'abord vous déguiser,
Par exemple... en militaire.

LE COMTE.

Un militaire?
Et pourquoi faire?

FIGARO.

Le régiment royal vient d'arriver ici.

LE COMTE.

Fort bien, le colonel est mon intime ami.

FIGARO.

Voilà notre affaire assurée.
Un billet de logement
Dans la maison vous donne entrée.
Qu'en dites-vous?

LE COMTE.

C'est excellent.

ENSEMBLE.

Oh! la ruse est bien ourdie,
Tout va bien comme cela.
Je rends
Rendez grâce à ton mon génie.
Ce projet réussira.

(Le comte va pour sortir, Figaro le retient.)

FIGARO.

Piano, pour mieux jouer la comédie,
Et frapper des coups plus certains,
Ayez l'air d'être entre deux vins.

LE COMTE.

Mais à quoi bon?

FIGARO, imitant la démarche d'un homme ivre, avant de dire ce qui suit.

Pour qu'il ait moins de défiance.
Et se réglant sur l'apparence,
Le tuteur vous croira, dans l'erreur affermi,
Plus pressé de dormir que d'intriguer chez lui.

ENSEMBLE.

Oh! la ruse est bien ourdie,
Tout va bien comme cela,
Je rends
Rendez grâce à ton mon génie.
Ce projet réussira.

LE COMTE va pour sortir, et revient.

Que de choses! pourtant j'oubliais la meilleure;
Tête folle, étourdi,
Où donc est ta demeure?

FIGARO.

Ma boutique, à quatre pas d'ici,
Numéro vingt, troisième arcade,
Vitrage en plomb, belle façade;
On voit écrit, sur un tableau,
Le nom brillant de Figaro.

LE COMTE.

Je vais partir.

FIGARO.

Mais surtout soyez preste.

LE COMTE.

J'aurai de l'or.

FIGARO.

Je me charge du reste.

LE COMTE.

Je reviendrai.

FIGARO.

Chez moi je vous attends.

LE COMTE.

Cher Figaro!

FIGARO.
Fort bien, je vous comprends.

LE COMTE.
à porteral...

FIGARO.
La bourse pleine.
La bonne aubaine!
Ne craignez rien,
Tout ira bien.

LE COMTE, à part.
Douce espérance,

Je veux d'avance,
M'abandonner à tes attraits,
Déjà mon âme,
Qu'amour enflamme,
Jouit des biens que tu promets.

FIGARO, à part.

Douce espérance,
Je veux d'avance,
M'abandonner à tes attraits;
La fortune vers moi s'avance,
L'or et l'argent en abondance
Viennent combler mes souhaits.

❈❈❈❈❈❈❈❈❈❈❈❈❈❈❈❈❈❈❈❈❈❈❈❈❈❈❈❈❈❈❈❈❈❈❈❈❈❈

ACTE DEUXIÈME.

Un salon à quatre portes. — Dans le fond est la croisée qui donne sur le balcon; elle est fermée avec une jalousie grillée. — A gauche est un secrétaire. — A droite, une table, sur laquelle il y a du papier, des plumes, un bougeoir allumé. — Dans le fond, un piano avec de la musique dessus.

SCÈNE I.

ROSINE, une lettre à la main.

AIR.

Rien ne peut changer mon âme,
Pour jamais je suis à toi.
Cher objet de ma flamme,
Je veux vivre sous ta loi.
Oui, Lindor a su me plaire,
Il a mon cœur, il a ma foi.
S'il découvre le mystère,
Mon tuteur s'emportera.
Mais cette grande colère
A la fin s'apaisera.
Oui, Lindor a su me plaire,
Il a mon cœur, il a ma foi.
(Elle cachète sa lettre, la met dans son sein,
et éteint le bougeoir.)
Je suis douce par caractère,
Mais j'ai la tête un peu légère.
Cher Bartholo, je sais me taire,
Et me soumets
A vos arrêts.
Dans un triste esclavage,
Ne croyez pas me retenir;
L'oiseau saura s'échapper de sa cage,
L'amour viendra l'ouvrir.

SCÈNE II.

ROSINE, FIGARO.

ROSINE, surprise.

Ah! monsieur Figaro, que je suis aise de vous voir!

FIGARO.
Votre santé, madame?

ROSINE.
Pas trop bonne, monsieur Figaro. L'ennui me tue.

FIGARO.
Je le crois; il n'engraisse que les sots.

ROSINE.
Avec qui parliez-vous donc là-bas si vivement? Je n'entendais pas, mais...

FIGARO.
Avec un jeune bachelier de mes parens, de la plus grande espérance; plein d'esprit, de sentimens, de talens, et d'une figure fort revenante.

ROSINE.
Oh! tout à fait bien, je vous assure; il se nomme?...

FIGARO.
Lindor. Il n'a rien; mais, s'il n'eût pas quitté brusquement Madrid, il pouvait y trouver quelque bonne place.

ROSINE.
Il en trouvera, monsieur Figaro, il en trouvera. Un jeune homme tel que vous le dépeignez n'est pas fait pour rester inconnu.

FIGARO, à part.
Fort bien. (Haut.) Mais il a un grand défaut, qui nuira toujours à son avancement.

ROSINE.
Un défaut, monsieur Figaro, un défaut?... en êtes-vous bien sûr?

FIGARO.
Il est amoureux.

ROSINE.
Il est amoureux! et vous appelez cela un défaut?

FIGARO.
A la vérité, ce n'en est un que relativement à sa mauvaise fortune.

ROSINE.
Ah! que le sort est injuste! Et nomme-t-il la personne qu'il aime? Je suis d'une curiosité...

FIGARO.
Vous êtes la dernière, madame, à qui je voudrais faire une confidence de cette nature.

ROSINE, vivement.
Pourquoi, monsieur Figaro? je suis discrète; ce jeune homme vous appartient, il m'intéresse infiniment... Dites donc.

FIGARO, la regardant finement.

Figurez-vous la plus jolie petite mignonne, douce, tendre, accorte et fraîche, agaçant l'appétit, pied furtif, taille droite, élancée, bras dodus, bouche rosée, et des mains! des joues! des dents! des yeux!...

ROSINE.

Qui reste en cette ville?

FIGARO.

En ce quartier.

ROSINE.

Dans cette rue, peut-être?

FIGARO.

A deux pas de moi.

ROSINE.

Ah! que c'est charmant... pour monsieur votre parent! Et cette personne est?...

FIGARO.

Je ne l'ai pas nommée.

ROSINE, vivement.

C'est la seule chose que vous ayez oubliée, monsieur Figaro. Dites donc, dites donc vite; si l'on rentrait, je ne pourrais plus savoir...

FIGARO.

Vous le voulez absolument, madame? Eh bien! cette personne est... la pupille de votre tuteur.

ROSINE.

La pupille...

FIGARO.

Du docteur Bartholo · oui, madame.

DUO.

ROSINE, à part.

Je suis donc celle qu'il aime
Ah! de son amour extrême
J'ai déjà reçu l'aveu.

FIGARO.

De ce joli roman vous êtes l'héroïne;
C'est à vous, aimable Rosine,
Que s'adresse un si beau feu.

ROSINE.

Mais, hélas! de Lindor tout me sépare.

FIGARO.

Ah! gardez un doux espoir,
Grâce à moi tout se prépare;
Ici, Lindor viendra vous voir.

ROSINE.

Il viendra! mais il faut de la prudence;
Je brûle d'impatience,
Pourquoi tarder si long-temps?

FIGARO.

Il voudrait de vos sentimens
Obtenir au moins quelque signe;
Si vous daignez tracer seulement une ligne,
Lindor ici dans l'instant se rendra.
Qu'en dites-vous?

ROSINE.

Il viendra!

FIGARO.

Le temps presse, il faut me remettre
Un mot.

ROSINE.

Je n'oserais.

FIGARO.

Un mot, rien que cela.

(Allant au secrétaire, et montrant le papier, les plumes, etc.)

Pour lui je réclame une lettre.

ROSINE.

Une lettre?

(Lui donnant la sienne.)

La voilà...

FIGARO.

Elle était toute prête!
Figaro, tu n'es qu'une bête,
Et ton maître le voilà.

ROSINE, à part.

Ah! déjà tout me présage
Qu'il est digne de mon cœur.

FIGARO, à part.

Oui, vraiment d'un tel message
C'est se tirer avec honneur.

ROSINE.

Vous me dites qu'en ces lieux?...

FIGARO.

Il viendra
Vous jurer amour et constance.

ROSINE.

Je brûle d'impatience.

FIGARO.

L'heureux Lindor la calmera.

ROSINE, à part.

Ah! déjà tout me présage
Qu'il est digne de mon cœur.

FIGARO, à part.

Oui, vraiment, d'un tel message
C'est se tirer avec honneur.

ROSINE.

Dieux! j'entends mon tuteur. S'il vous trouvait ici... Passez par le petit cabinet, et descendez le plus doucement possible.

FIGARO.

Soyez tranquille. (A part.) Voici qui vaut mieux que mes observations.

(Il sort par la première porte à droite.)

ROSINE.

Je meurs d'inquiétude jusqu'à ce qu'il soit de hors.... Que je l'aime ce bon Figaro! c'est un bien honnête homme, un bon parent. Ah! voilà mon tyran; reprenons mon ouvrage.

(Elle s'assied, et prend une broderie au tambour.)

SCÈNE III.

BARTHOLO, ROSINE.

BARTHOLO, avec colère.

Ah! malédiction! l'enragé, le scélérat corsaire de Figaro! là, peut-on sortir un moment de chez soi, sans être sûr en rentrant...

ROSINE.

Qui vous met donc si fort en colère, monsieur?

BARTHOLO.

Ce damné barbier, qui vient d'écloper toute ma maison en un tour de main. Il donne un narcotique à l'Éveillé; un sternutatoire à la Jeunesse il voulait saigner au pied Marceline ; il n'y a pas jusqu'à ma mule... sur les yeux d'une pauvre bête aveugle, un cataplasme ! Parce qu'il me doit cent écus, il se presse de faire des mémoires. Ah ! qu'il les apporte... et personne à l'antichambre ; on arrive à cet appartement comme à la place d'armes.

ROSINE.

Et qui peut y pénétrer que vous, monsieur ?

BARTHOLO.

J'aime mieux craindre sans sujet, que de m'exposer sans précaution. Ce barbier n'est pas entré chez vous, au moins ?

ROSINE.

Vous donne-t-il aussi de l'inquiétude ?

BARTHOLO.

Tout comme un autre.

ROSINE.

Que vos répliques sont honnêtes ! Eh bien oui, cet homme est entré chez moi ; je l'ai vu, je lui ai parlé. Je ne vous cache pas même que je l'ai trouvé fort aimable, et puissiez-vous en mourir de dépit. (Elle sort par la première porte à gauche.)

BARTHOLO.

Oh ! les juifs ! les chiens de valets ! La Jeunesse ! l'Éveillé ! l'Éveillé maudit !... Ils ne viendront pas...

oooooooooooooooooooooooooooooooooooooooooooooooo

SCÈNE VI.

BARTHOLO, BASILE, FIGARO, caché dans le cabinet, paraît de temps en temps et les écoute.

BARTHOLO.

Ah ! don Basile, vous veniez donner à Rosine sa leçon de musique ?...

BASILE.

C'est ce qui presse le moins. Le comte Almaviva est en cette ville.

BARTHOLO.

Parlez bas. Celui qui faisait chercher Rosine dans tout Madrid ?...

BASILE.

Il loge à la Grande-Place, et sort tous les jours déguisé.

BARTHOLO.

Il n'en faut point douter, cela me regarde. Et que faire ?

BASILE.

Si c'était un particulier, on viendrait à bout de l'écarter.

BARTHOLO.

Oui, en s'embusquant le soir, armé, cuirassé...

BASILE.

Bone Deus ! se compromettre ! Susciter une méchante affaire, à la bonne heure ; et pendant la fermentation, calomnier à dire d'experts ; *concedo.*

BARTHOLO.

Singulier moyen de se défaire d'un homme.

BASILE.

La calomnie, monsieur... vous ne savez guère ce que vous dédaignez ; j'ai vu les plus honnêtes prêts d'en être accablés.

AIR.

C'est d'abord rumeur légère,
Un petit vent rasant la terre.
Puis, doucement,
Vous voyez la calomnie,
Se dresser et s'enfler en grandissant.
Fiez-vous à la maligne envie,
Ses traits, lancés adroitement,
Piano, par un léger murmure,
D'absurdes fictions
Font plus d'une blessure,
Et portent dans les cœurs le feu de leurs poisons.
Le mal est fait, il chemine, il s'avance ;
De bouche en bouche il est porté,
Puis *rinforzando* il s'élance ;
C'est un prodige, en vérité.
Mais enfin rien ne l'arrête,
C'est la foudre, la tempête,
Un *crescendo* public, un vacarme infernal.
Elle s'élance, tourbillonne,
Étend son vol, éclate et tonne,
Et de haine aussitôt un chorus général,
De la proscription a donné le signal.
Et l'on voit le pauvre diable,
Menacé
Comme un coupable,
Sous cette arme redoutable,
Tomber, tomber, terrassé !

BARTHOLO.

Mais quel radotage me faites-vous donc là, Basile ? Je prétends épouser Rosine avant qu'elle apprenne seulement que ce comte existe.

BASILE.

En ce cas, vous n'avez pas un instant à perdre.

BARTHOLO.

A qui tient-il, Basile ? Je vous ai chargé de tous les détails de cette affaire.

BASILE.

Oui. Mais vous avez lésiné sur les frais, et dans l'harmonie du bon ordre, un mariage inégal, un jugement inique, un passe-droit évident, sont des dissonances qu'on doit toujours préparer et sauver par l'accord parfait de l'or.

BARTHOLO, lui donnant de l'argent.

Il faut en passer par où vous voulez ; mais finissons.

BASILE.

Cela s'appelle parler. Demain tout sera terminé ; c'est à vous d'empêcher que personne, aujourd'hui, ne puisse instruire la pupille.

BARTHOLO.

Fiez-vous-en moi ; entrons dans ma chambre et occupez-vous de rédiger le contrat de mariage. (Ils entrent dans la seconde chambre à gauche.)

oooooooooooooooooooooooooooooooooooooooooooooooo

SCÈNE V.

FIGARO, ROSINE.

FIGARO, sortant du cabinet.

Maintenant qu'ils sont enfermés là-dedans, allons ouvrir au comte.

ROSINE, accourant.

Quoi! vous êtes encore là, monsieur Figaro!

FIGARO.

Très heureusement pour vous, mademoiselle. Apprenez que votre tuteur se dispose à vous épouser demain.

ROSINE.

Ah! grands dieux!

FIGARO.

Ne craignez rien; nous lui donnerons tant d'ouvrage qu'il n'aura pas le temps de songer à celui-là.

ROSINE.

Le voici qui revient; sortez donc par le petit escalier. Vous me faites mourir de frayeur.

(Il s'enfuit par le cabinet.)

SCÈNE VI.

BARTHOLO, ROSINE.

ROSINE.

Vous étiez ici avec quelqu'un, monsieur?

BARTHOLO.

Don Basile; vous eussiez mieux aimé que c'eût été M. Figaro?

ROSINE.

Cela m'est fort égal, je vous assure.

BARTHOLO.

Je voudrais bien savoir ce que ce barbier avait de si pressé à vous dire? Je vais parier qu'il était chargé de vous remettre quelque lettre.

ROSINE.

Et de qui, s'il vous plaît?

BARTHOLO.

Oh! de qui... de quelqu'un que les femmes ne nomment jamais. Que sais-je! moi. Peut-être la réponse au papier de la fenêtre.

ROSINE, à part.

Il n'en a pas manqué une seule. (Haut.) Vous mériteriez bien que cela fût.

BARTHOLO, regardant les mains de Rosine.

Cela est. Vous avez écrit, votre doigt taché d'encre...

ROSINE.

La belle preuve!... je me suis brûlée en chiffonnant autour de cette bougie; et l'on m'a toujours dit qu'il fallait aussitôt tremper dans l'encre; c'est ce que j'ai fait.

BARTHOLO.

C'est ce que vous avez fait? Voyons donc si un second témoin confirmera la déposition du premier. C'est ce cahier de papier où je suis certain qu'il y avait six feuilles; car je les compte tous les matins, aujourd'hui encore...

ROSINE, à part.

Oh! imbécile! (Haut.) La sixième...

BARTHOLO, comptant.

Trois, quatre, cinq; je vois bien qu'elle n'y est pas, la sixième.

ROSINE, baissant les yeux.

La sixième? je l'ai employée à faire un cornet pour des bonbons que j'ai envoyés à la petite Figaro.

BARTHOLO.

A la petite Figaro? et la plume qui était toute neuve; comment est-elle devenue noire? est-ce en écrivant l'adresse de la petite Figaro?

ROSINE, à part.

Cet homme a un instinct de jalousie!... (Haut.) Elle m'a servi à retracer une fleur effacée sur la veste que je vous brode au tambour.

BARTHOLO.

Que cela est édifiant! Pour qu'on vous crût, mon enfant, il faudrait ne pas rougir en déguisant coup sur coup la vérité; mais c'est ce que vous ne savez pas encore.

ROSINE.

Eh! qui ne rougirait pas, monsieur, de voir tirer des conséquences aussi malignes des choses les plus innocemment faites?

BARTHOLO.

AIR.

Croyez-vous qu'il soit bien facile
De tromper un docteur tel que moi?
Vous n'êtes point assez habile;
Je vous en donne ici ma foi.
C'est qu'on a pour la petite,
Fait un cornet à bonbons!
Et c'est à moi que l'on débite,
De pareilles inventions!
Votre fable est ridicule,
Je ne suis pas si crédule.
Le moins rusé vous pousse à bout,
Le papier manque, et puis la plume est noire:
Cherchez-vous une autre histoire?
On ne saurait penser à tout.
J'avais trop de confiance,
Une autre fois, dans mon absence,
Un bon verrou de vous ici me répondra.
Mes gens feront sentinelle,
Crainte de ruse nouvelle,
A cette porte on veillera;
Puisqu'il faut être sévère,
Je vous garde seule ici,
Cette loi vous désespère,
Je prétends qu'il en soit ainsi.
Je me moque de vos plaintes,
Et pour dissiper mes craintes,
Vous ne sortirez pas d'ici.
Croyez-vous qu'il soit bien facile,
De tromper un docteur tel que moi?
Vous n'êtes point assez habile,
Je vous en donne ici ma foi.

(Il sort par la seconde porte à gauche.)

ROSINE.

Grondez, criez tant que vous voudrez, faites murer portes et fenêtres, cela m'est fort indifférent.

(Elle entre dans sa chambre, qui est la première à gauche. — Marceline arrive par la seconde porte à droite.)

SCÈNE VII.

MARCELINE, seule.

En vérité, depuis quelques jours cette maison est un enfer; si cela continue, il sera impossible d'y rester. Vieux tuteur et jeune pupille ne peuvent pas s'accorder. Et... mais que nous veut cet homme? Un soldat? Allons avertir monsieur.

SCÈNE VIII.

LE COMTE, en habit de cavalier, ayant l'air d'être entre deux vins, ensuite BARTHOLO.

FINALE.

LE COMTE.
Holà, quelqu'un! personne ici qui me réponde!

BARTHOLO, dans le fond.
Mais, où va cet ivrogne, et que veut-il de nous?

LE COMTE.
Holà, quelqu'un! que le ciel vous confonde!

BARTHOLO.
Seigneur soldat, que voulez-vous?

LE COMTE.
Ah! c'est fort bien, et je vous remercie.
Monsieur, dites-moi, je vous prie,
Seriez-vous, par hasard, le docteur Balordo?

BARTHOLO.
Balordo?

LE COMTE.
Mais non, Barbe à l'eau?

BARTHOLO.
Peut-on se tromper de la sorte!
Que le diable vous emporte!
Docteur Bartholo.

LE COMTE.
A merveille! docteur Barbaro,

BARTHOLO, à part.
L'insolent!

LE COMTE.
Et j'y vois bien peu de différence.

BARTHOLO, à part.
Je n'y tiens plus, et je crève d'impatience.

LE COMTE, à part.
Je vais la voir, douce espérance!

BARTHOLO, à part.
Mais il faut de la prudence,
Parlons-lui sans humeur.

LE COMTE.
Vous êtes donc docteur?

BARTHOLO.
Oui, monsieur.

LE COMTE.
Permettez que j'embrasse un confrère.

BARTHOLO.
Retirez-vous.

LE COMTE.
Vraiment.
Je suis docteur, la chose est claire,

Le maréchal du régiment;
On a cru, sans doute, vous plaire
En me logeant chez un confrère.
Examinez ce billet-là,
Le voilà, le voilà.

(Il lui donne le billet.)

(A part.)
Ah! le sort me favorise,
J'ai trompé le vieux jaloux.

BARTHOLO, à part.
Ah! le sort me favorise,
Bientôt il filera doux.
Si je me mets en courroux,
Je vais faire quelque sottise.

SCÈNE IX.

LES MÊMES, ROSINE, dans le fond.

ROSINE, à part.
Un soldat... mon tuteur...
De leur débat je suis surprise.

LE COMTE, à part.
Cher objet de mon ardeur,
Hâte-toi, viens à mon cœur
Rendre la paix et le bonheur.

BARTHOLO, à part.
Je ferais quelque sottise,
En lui parlant avec humeur.

LE COMTE, à part.
C'est Rosine! c'est elle!

ROSINE, à part.
Il m'a vue, il s'avance.

LE COMTE, bas, à Rosine.
Je suis Lindor.

ROSINE, à part.
O moment plein d'appas!
(Haut.)
Ah! de grâce, messieurs, ne vous emportez pas.

BARTHOLO.
Madame, quelle imprudence!
Sur-le-champ rentrez chez vous.

ROSINE.
Peut-être que ma présence,
Calmerait votre courroux.

LE COMTE.
A vous seule, en ces lieux, je veux avoir affaire.

BARTHOLO.
La demande est singulière.

LE COMTE.
N'êtes-vous pas tenu...

BARTHOLO.
De quoi?

LE COMTE.
De me loger?

BARTHOLO.
De vous loger!

LE COMTE.
Héberger?

BARTHOLO.
Héberger!

LE COMTE.
Dans votre maison je m'installe.

BARTHOLO.
De céans il faut qu'on détale.

LE COMTE.
Je vais...

BARTHOLO.
Non, je ne puis loger dans la maison.

LE COMTE.
La raison ?

BARTHOLO.
S'il faut vous la dire...

LE COMTE.
Parlez ?

BARTHOLO.
Je vais vous en instruire,
En montrant mon exemption.

LE COMTE, à part.
Juste ciel !

BARTHOLO.
Cela vous chagrine ;
Mais décampez.
(Il va chercher son brevet dans le secrétaire.)
LE COMTE, bas à Rosine, sans quitter sa place.
Belle Rosine !

ROSINE.
Eh quoi ! Lindor, c'est vous ?

LE COMTE.
Recevez au moins cette lettre.

ROSINE.
Prenez garde, il a les yeux sur nous.

LE COMTE.
Je ne puis vous la remettre,
Tirez votre mouchoir, elle tombe à vos pieds.

ROSINE.
Par un tuteur jaloux nous sommes épiés.

BARTHOLO, au comte.
Holà ! je n'aime pas qu'on regarde ma femme.

LE COMTE.
Votre femme ?

BARTHOLO.
Eh quoi donc ?

LE COMTE.
Je vous croyais, sur mon âme,
Son aïeul paternel,
Maternel, sempiternel.

BARTHOLO. Il trouve le brevet.
Ah !...

(Il lit.)
« Sur le bon, sur le fidèle témoignage... »
LE COMTE donne un coup de main sous le parchemin, et le fait sauter en l'air.
Est-ce que j'ai besoin de tout ce verbiage ?

BARTHOLO.
Osez-vous ainsi m'insulter ?

LE COMTE.
Ah çà ! docteur, voulez-vous bien vous taire ?
C'est ici qu'on me loge, ici je veux rester.

BARTHOLO.
Savez-vous bien, monsieur le militaire,
Que si vous me résistez,
Je vous ferai traiter comme vous méritez ?...

LE COMTE.
Eh bien ! bataille,
C'est mon métier.

Point de quartier,
Frappons d'estoc et de taille.
Bataille, rien n'est si gai,
Je vous le montrerai.
Figurez-vous une rivière,
(Poussant le docteur.)
L'ennemi par là s'est porté,
Les amis sont de ce côté.
(Bas à Rosine en lui montrant la lettre.)
Sortez le mouchoir.
(A Bartholo.)
Laissez faire.
Attention ! attention !
(Rosine tire son mouchoir, le comte laisse tomber sa lettre entre elle et lui.)

BARTHOLO, se baissant.
Que vois-je ?

LE COMTE reprend la lettre.
Qu'est-ce donc ?

BARTHOLO.
Donnez, donnez !

LE COMTE.
Oui, si c'était une ordonnance.
Un billet doux n'est pas de votre compétence,
Et je vais faire mon devoir.

ROSINE avance la main, prend la lettre, et la met dans la poche de son tablier.
Ah ! je sais ce que c'est.

BARTHOLO.
Nouvelle impertinence
Je tromperai son espérance,
Et ce billet je veux le voir.

ROSINE, pendant ce couplet, a glissé le billet dans son sein, et mis un autre papier dans la poche de son tablier.
Ce billet, qui tant vous chagrine,
De ma poche vient de tomber ;
C'est la lettre de ma cousine.

BARTHOLO.
Voyons toujours ; croyez-vous me tromper ?

∞∞∞∞∞∞∞∞∞∞∞∞∞∞∞∞∞∞∞∞∞∞∞∞∞∞∞∞∞∞∞∞∞

SCÈNE X.

LES MÊMES, MARCELINE, ensuite
BASILE.

BARTHOLO, à part.
Que vois-je ?

MARCELINE entre par la droite et va regarder par la fenêtre.
Figaro ?

BARTHOLO, à part.
Ma surprise est extrême

MARCELINE, à part.
Que de gens assemblés !

BARTHOLO, à part.
C'est la lettre elle-même.

ROSINE et LE COMTE, à part.
Ah ! le sort nous favorise,
J'ai trompé mon vieux tuteur,
Cher objet de mon ardeur
Hâte-toi, viens à mon cœur
Rendre la paix et le bonheur.

MARCELINE, à part.

Je crains quelque surprise,
Pour tromper le vieux tuteur.

BARTHOLO, à part.

Je viens de faire une sottise,
Ce soupçon blesse son cœur.

BASILE, entrant par la gauche, un papier de musique à la main, et chantant une leçon de solfége.
En arrivant sur l'avant-scène, il cesse de chanter
et dit à part :

Je crains quelque surprise,
Pour tromper le vieux tuteur.

ROSINE, pleurant.

A souffrir suis-je condamnée ?
Sur un soupçon toujours me maltraiter.
Quelle triste destinée !
Je ne puis plus la supporter.

BARTHOLO.

Ah ! ma pauvre Rosine !

LE COMTE, menaçant Bartholo.

Aisément je le devine...

BARTHOLO.

Doucement, doucement.

LE COMTE, le prenant au collet.

C'est toi qui causes son tourment !

BARTHOLO.

A l'aide ! à l'aide ! on m'assassine.

LE COMTE.

Sous mes coups il tombera.

ROSINE, MARCELINE, BARTHOLO, BASILE.

Préservez-nous de sa colère !

LE COMTE.

Laissez-moi faire.

ROSINE, MARCELINE, BARTHOLO, BASILE.

Au secours ! au secours !

LE COMTE.

Oui, je vais...

SCÈNE XI.

LES MÊMES, FIGARO, accourant et tirant Bartholo des mains du comte.

FIGARO.

Halte-là !
Qu'arrive-t-il, et que viens-je d'entendre ?
Quelle rumeur, quels cris affreux!
Déjà la foule des curieux
Vient de se rendre près de ces lieux.
De la prudence,
Mes bons messieurs.

BARTHOLO.

Son arrogance...

LE COMTE.

Son insolence...

BARTHOLO.

Mériterait...

LE COMTE.

Punition.

FIGARO.

Seigneur soldat, qu'allez-vous faire ?
Calmez, calmez cette colère,

Car autrement un bon bâton
Pourrait vous mettre à la raison.

BARTHOLO.

Maudit soldat !

ROSINE, MARCELINE, BASILE, FIGARO, à Bartholo.

Faites silence.

BARTHOLO.

Non, je crierai.

ROSINE, MARCELINE, BASILE, FIGARO, au comte.

De la prudence.

LE COMTE.

Je le tuerai !

ROSINE, MARCELINE, BASILE, FIGARO.

Faites silence,
Messieurs, paix là !
De la prudence.

LE COMTE.

Non, point de grâce, il périra.
(Il tire son sabre.—On frappe à la porte.)

TOUS.

Mais chut ! on frappe en ce moment.

BASILE.

Qui va là ?

UN OFFICIER, en dehors.

La garde. Ouvrez sur-le-champ.

FIGARO, au comte.

Quelle surprise !

LE COMTE.

Point de surprise.

BASILE, à Bartholo.

Ça te dégrise.

LE COMTE.

Attendons-la.

TOUS, à part.

Cette aventure est surprenante.
Ce débat m'impatiente,
Voyons comment tout ceci finira.

(On ouvre à la garde.)

SCÈNE XII.

LES MÊMES, UN OFFICIER, suivi d'UNE TROUPE
DE SOLDATS.

L'OFFICIER.

De par le roi, qu'on s'arrête !
A répondre qu'on s'apprête.
Qui donc cause parmi vous
Ce tumulte épouvantable,
Cette rumeur effroyable ?
Expliquez-vous,
Répondez-nous.

BARTHOLO, à l'officier.

Ce brutal de militaire
M'accablait de sa colère,
Il osait me maltraiter.

FIGARO, de même.

Pour apaiser sa colère,
Je me mêlais de l'affaire,
Mais c'était pour l'arranger.

BARTHOLO, de même.

Ce soldat nous désespère ;
Mêlez-vous de cette affaire,
Il veut aussi me tuer.

LE COMTE, de même.

Ici je n'ai point affaire,
Je vous parle sans colère,
Je venais pour y loger.

ROSINE, MARCELINE, de même.

Je redoute sa colère
Mêlez-vous de cette affaire,
Vous seul pouvez l'arranger.

L'OFFICIER, au comte.

C'est assez, je sais tout. Pour vous apprendre à vivre,
En prison, vous allez nous suivre.

LE COMTE.

En prison ! impossible ; en voici la raison.

(Il remet une lettre à l'officier, qui, après l'avoir lue,
la lui rend en le saluant respectueusement ; il fait
signe à ses soldats de se retirer dans le fond du théâtre, ce qu'ils exécutent, au grand étonnement de
tous, Figaro excepté.)

ROSINE, à part.

Quelle surprise ! quel mystère !
Je puis à peine respirer.

LE COMTE, à part.

Je m'amuse de leur colère,
Une parole a dû les apaiser.

BASILE, à part.

Quelle surprise ! quel mystère !
Je puis à peine respirer.

FIGARO.

Voyez, don Bartholo... ah ! vraiment quelle scène !
Froid comme un marbre, il peut à peine,
Il peut à peine respirer.

TOUS, à part.

Ah ! vraiment, quelle scène !
Je puis
Il peut } à peine respirer.

BARTHOLO, aux soldats.

Mais, messieurs...

L'OFFICIER.

Point de bruit.

BARTHOLO.

Apprenez...

L'OFFICIER.

Je sais tout.

BARTHOLO.

Ce soldat...

L'OFFICIER.

C'est fort bien.

BARTHOLO.

Il criait...

L'OFFICIER.

C'est son goût.

BARTHOLO.

Cependant...

L'OFFICIER.

Taisez-vous !

BARTHOLO.

Il faudrait...

L'OFFICIER.

Croyez-moi.

BARTHOLO.

L'engager...

L'OFFICIER.

Point du tout.

BARTHOLO.

A sortir.

L'OFFICIER.

Et pourquoi ?

BARTHOLO.

Que tout ce débat finisse,
Que chacun rentre soi.
De vous j'obtiendrai justice ;
Mais, de grâce, écoutez-moi.

L'OFFICIER.

Taisez-vous, croyez-moi.

ENSEMBLE.

TOUS, à part.

Quel tumulte ! quel tapage !
Ah ! j'entends gronder l'orage.
Il enrage, il perd courage,
Et ne sait plus que devenir.
Autour de sa pauvre tête,
Faisons siffler la tempête,
Son fracas va l'étourdir.

BASILE, BARTHOLO, à part.

Quel tumulte ! quel tapage
Ah ! j'entends gronder l'orage.
J'enrage, je perds courage,
Et ne sais plus que devenir.
Autour de ma pauvre tête,
On fait siffler la tempête,
Son fracas va m'étourdir.

❋❋❋❋❋❋❋❋❋❋❋❋❋❋❋❋❋❋❋❋❋❋❋❋❋❋❋❋❋❋❋❋❋

ACTE TROISIÈME.

Même décor qu'au deuxième acte. — Au lever du rideau, Bartholo est assis, et paraît plongé dans une rêverie
profonde.

SCÈNE I.

BARTHOLO, seul.

Quelle humeur ! quelle humeur ! elle paraissait
apaisée... Là ! qu'on me dise qui diable lui a fourré
dans la tête de ne plus vouloir prendre leçon de
don Basile ! Elle sait qu'il se mêle de mon mariage... (On frappe à la porte.) Faites tout au monde
pour plaire aux femmes, si vous omettez un seul
petit point... je dis un seul... (On frappe une seconde fois.) Voyons qui c'est.
(Il se lève pour aller ouvrir.)

SCÈNE II.

BARTHOLO, LE COMTE, en bachelier.

DUO.

LE COMTE.

Que le ciel vous tienne en joie !

BARTHOLO.

C'est fort honnête, en vérité.
Que voulez-vous ? qui vous envoie !

LE COMTE.

Que sa grâce se déploie !

BARTHOLO.

Ah ! c'est avoir trop de bonté.

(A part.)

Que me veut cet imbécile ?
Me tromper n'est pas facile.
Serait-ce quelque intrigant ?

LE COMTE, à part.

Le tromper n'est pas facile.
Mais ma ruse est plus subtile,
Et je serai plus habile
Sous ce nouveau déguisement.

(Haut.)

Jouissez d'un sort prospère,
Heureux si je sais vous plaire.

BARTHOLO.

C'en est trop, finirons-nous ?
Ah ! de grâce, expliquez-vous.

LE COMTE, à part.

Quelle heureuse destinée !
Il ne me reconnaît pas.
O moment rempli d'appas.

BARTHOLO, à part.

Quelle triste destinée !
Comment, toute la journée
J'aurai des sots sur les bras !

Enfin, peut-on savoir ce que vous voulez ?

LE COMTE.

Monsieur, je suis Alonzo, bachelier licencié,
élève de don Basile.

BARTHOLO.

Fort bien. Au fait.

LE COMTE.

Un mal subit qui le force à garder le lit...

BARTHOLO.

Garder le lit ! Basile ! je vais le voir à l'instant.

LE COMTE, à part.

Ah ! diable ! (Haut.) Quand je dis le lit, monsieur, c'est... la chambre que j'entends.

BARTHOLO.

Ne fût-il qu'incommodé, marchez devant, je
vous suis.

LE COMTE, embarrassé.

Monsieur, j'étais chargé de vous apprendre...

BARTHOLO.

Parlez haut.

LE COMTE, élevant la voix.

Que le comte Almaviva, qui restait sur la
Grande-Place...

BARTHOLO, effrayé.

Parlez bas.

LE COMTE, plus haut.

En est délogé ce matin. Comme c'est par moi
qu'il a su que le comte Almaviva...

BARTHOLO.

Bas, parlez bas, je vous prie.

LE COMTE, de même.

Était en cette ville, et que j'ai découvert que
la signora Rosine lui a écrit.

BARTHOLO.

Lui a écrit ? Mon cher ami, parlez plus bas,
je vous en conjure ! Tenez, asseyons-nous, et ja-
sons d'amitié. Vous avez découvert, dites-vous,
que Rosine ?...

LE COMTE, fièrement.

Assurément. Je me proposais de vous montrer
sa lettre, mais la manière dont vous prenez les
choses...

BARTHOLO.

Eh, mon Dieu ! je les prends bien ; mais je suis
tellement entouré d'intrigues et de piéges... Pardon, pardon.

LE COMTE.

A la bonne heure sur ce ton, monsieur. Mais
je crains qu'on ne soit aux écoutes.

BARTHOLO.

Je vais m'en assurer.

(Il va ouvrir doucement la porte de Rosine.)

LE COMTE, à part.

Je me suis enferré de dépit... garder la lettre
à présent ! il faudra m'enfuir : autant vaudrait
n'être pas venu... la lui montrer... Si je puis en
prévenir Rosine, la montrer est un coup de
maître.

BARTHOLO revient sur la pointe du pied.

Elle est occupée à relire une lettre de sa cousine... Voyons donc la sienne.

LE COMTE.

La voici. (A part.) C'est ma lettre qu'elle relit.

BARTHOLO lit.

« Depuis que vous m'avez appris votre nom et
votre état. » Ah ! la perfide ! c'est bien là sa main.

LE COMTE, effrayé.

Parlez donc bas, à votre tour.

BARTHOLO.

Quelle obligation, mon cher !...

LE COMTE.

Quand tout sera fini, si vous croyez m'en devoir, vous serez le maître.... D'après un travail
que fait actuellement Basile avec un homme de
loi,...

BARTHOLO.

Pour mon mariage ?

LE COMTE.

Sans doute. Tout sera prêt pour demain. Alors
si elle résiste...

BARTHOLO.

Elle résistera.

LE COMTE veut reprendre la lettre, Bartholo la serre.

Voilà l'instant où je puis vous servir ; nous lui montrerons la lettre ; et s'il le faut... (Plus mystérieusement.) j'irai jusqu'à lui dire que je la tiens d'une femme à qui le comte l'a sacrifiée ; vous sentez que le trouble, la honte, le dépit, peuvent la porter sur-le-champ...

BARTHOLO, riant.

De la calomnie !... Mon cher ami, je vois bien maintenant que vous venez de la part de Basile ! Mais pour que ceci n'eût pas l'air concerté, ne serait-il pas bon qu'elle vous connût d'avance ?

LE COMTE, réprimant un mouvement de joie.

Sans doute, mais comment faire ?... Il est tard... au peu de temps qui reste...

BARTHOLO.

Je dirai que vous venez en la place de don Basile. Ne lui donnerez-vous pas bien une leçon ?

LE COMTE.

Il n'y a rien que je ne fasse pour vous plaire.

BARTHOLO.

Je vais faire l'impossible pour l'amener.

(Il entre chez Rosine.)

SCÈNE III.

LE COMTE, seul.

Me voilà sauvé. Ouf! que ce diable d'homme est rude à manier ! Figaro le connaît bien. Je me voyais mentir, cela me donnait un air gauche ; et il a des yeux !... Ma foi, sans l'inspiration subite de la lettre, il faut l'avouer, j'étais éconduit comme un sot. O ciel ! on dispute là-dedans. Si elle allait s'obstiner à ne pas venir ! Écoutons... Elle refuse de sortir de chez elle, et j'ai perdu le fruit de ma ruse. (Il retourne écouter.) La voici, ne nous montrons pas d'abord.

(Il se retire un peu dans le fond.)

SCÈNE IV.

LE COMTE, ROSINE, BARTHOLO.

ROSINE.

Où donc est-il, ce maître que vous craignez de renvoyer ? Je vais, en deux mots, lui donner son compte, et celui de Basile. (Elle aperçoit le comte.) Ah!...

BARTHOLO.

Qu'avez-vous ?

ROSINE, les deux mains sur son cœur, avec un grand trouble.

Ah ! mon Dieu ! monsieur...

BARTHOLO.

Elle se trouve mal ! seigneur Alonzo !

ROSINE.

Non, je ne me trouve pas mal... Mais c'est qu'en me tournant... Ah!...

LE COMTE.

Le pied vous a tourné, madame ?

ROSINE.

Ah ! oui, le pied m'a tourné ; je me suis fait un mal horrible...

LE COMTE.

Je m'en suis bien aperçu.

ROSINE, regardant le comte.

Le coup m'a porté au cœur.

BARTHOLO.

Il n'y a pas d'apparence, bachelier, qu'elle prenne de leçon ce soir ; ce sera pour un autre jour. Adieu.

ROSINE, au comte.

Non, attendez ; ma douleur est tout à fait apaisée. (A Bartholo.) Je sens que j'ai eu tort avec vous, monsieur : je veux vous imiter en réparant sur-le-champ...

BARTHOLO.

Oh ! le bon petit caractère de femme !

LE COMTE, prenant un papier de musique sur le piano.

Est-ce là ce que vous voulez chanter, madame ?

ROSINE.

Oui ; c'est un morceau très agréable de la Précaution inutile.

BARTHOLO.

Toujours la Précaution inutile ?

LE COMTE.

C'est ce qu'il y a de plus nouveau. Si madame veut l'essayer...

ROSINE.

Avec grand plaisir.

(Le comte se met au piano, Bartholo s'assied.)

RÉCITATIF.

Tout se tait, tout est calme en la nature entière,
Rien n'a trahi mes pas silencieux.
Je te salue, ô terre hospitalière !
Je vais revoir l'objet de tous mes vœux.
Je suis seul... c'est ici que Lise va se rendre ;
Je frémis tour à tour de crainte et de désir ;
Rassurons-nous, je dois l'attendre,
Et pour l'amant heureux, attendre c'est jouir.

AIR.

Charmant bocage,
Ton vert feuillage
Va refleurir.
Nymphe légère,
Jeune bergère,
Vient l'embellir.
O trouble extrême !
Je vais la voir ;
Et Lise même
Au cœur qui l'aime
Rendra l'espoir.
Sensible amante,
Nymphe charmante,
L'amour t'attend.
Mais qui m'agite ?
Mon cœur palpite,
Voici l'instant.

LE COMTE.

Quelle belle voix ! à merveille.

ROSINE.

Vous me flattez, seigneur.

BARTHOLO.

Oui, sans doute, la voix est belle, mais l'air est fort ennuyeux. Je l'ai déjà dit à ce vieux Basile ; est-ce qu'il n'y aurait pas moyen de lui faire étudier des choses plus gaies ? Là, de ces petits airs que l'on chantait dans ma jeunesse, et que chacun retenait facilement ?... C'était là la vraie musique ; lorsque Caffariello chantait cet air admirable, *la la la rela*. Écoutez, don Alonzo, le voici :

ARIETTE.

Près de ma Rosinette...

Il y a Fanchonnette dans la chanson ; mais j'ai substitué Rosinette.

Près de ma Rosinette,
Sensible et joliette,
Mon âme est guilleretle,
Mon cœur danse le menuet.

(*Pendant la ritournelle, Bartholo danse d'une manière ridicule, en faisant claquer ses doigts ; Figaro, derrière lui, imite ses mouvemens.*)

SCÈNE V.

FIGARO, ROSINE, BARTHOLO, LE COMTE.

BARTHOLO, apercevant Figaro.

Ah ! entrez, monsieur le barbier ; avancez, vous êtes charmant !

FIGARO, saluant.

Monsieur, il est vrai que ma mère me l'a dit autrefois ; mais je suis un peu déformé depuis ce temps-là. (Bas, au comte.) Bravo, monseigneur.

BARTHOLO, avec colère.

Venez-vous purger encore, saigner, droguer, mettre sur le grabat toute ma maison ? Enfin, quel sujet vous amène ? Y a-t-il quelque lettre à remettre encore ce soir à madame ? Parlez, faut-il que je me retire ?

FIGARO.

Comme vous rudoyez le pauvre monde ! Eh ! parbleu ! monsieur, je viens vous raser, voilà tout : n'est-ce pas aujourd'hui votre jour ?

BARTHOLO.

Vous reviendrez tantôt.

FIGARO.

Ah ! oui, revenir ! toute la garnison prend médecine demain matin ; j'en ai obtenu l'entreprise par mes protections ; jugez donc comme j'ai du temps à perdre ! Monsieur, passe-t-il chez lui ?

BARTHOLO.

Non, monsieur ne passe point chez lui. Eh mais... qui empêche qu'on ne me rase ici ?

ROSINE.

Vous êtes honnête ! et pourquoi pas dans mon appartement ?

BARTHOLO.

Tu te fâches ? Pardon, mon enfant ; tu vas

achever de prendre ta leçon ; c'est pour ne pas perdre un instant le plaisir de t'entendre.

FIGARO, bas, au comte.

On ne le tirera pas d'ici ! (Haut.) Allons, l'Éveillé ! la Jeunesse ! le bassin, de l'eau, tout ce qu'il faut à monsieur...

BARTHOLO.

Sans doute, appelez-les ! Fatigués, harassés, moulus de votre façon, n'a-t-il pas fallu les faire coucher ?

FIGARO.

Eh bien ! j'irai tout chercher : n'est-ce pas dans votre chambre ? (Bas, au comte.) Je vais l'attirer dehors.

BARTHOLO, détachant son trousseau de clés, dit par réflexion.

Non, non, j'y vais moi-même. (Bas au comte, en s'en allant.) Ayez les yeux sur eux, je vous prie.

FIGARO.

Ah ! que nous l'avons manqué belle ! Il allait me donner le trousseau. La clé de la jalousie n'y est-elle pas ?

ROSINE.

C'est la plus neuve de toutes.

BARTHOLO, revenant, à part.

Bon ! je ne sais ce que je fais de laisser ici ce maudit barbier. (A Figaro, en lui donnant le trousseau.) Dans mon cabinet, sous mon bureau ; mais ne touchez à rien.

FIGARO.

La peste ! il y ferait bon, méfiant comme vous êtes ! (A part, en s'en allant.) Voyez comme le ciel protège l'innocence !

SCÈNE VI.

BARTHOLO, LE COMTE, ROSINE.

BARTHOLO, bas, au comte.

C'est le drôle qui a porté la lettre au comte.

LE COMTE, bas, à Bartholo.

Il m'a l'air d'un fripon.

BARTHOLO.

Il ne m'attrapera plus.

LE COMTE.

Je crois qu'à cet égard le plus fort est fait.

BARTHOLO.

Tout considéré, j'ai pensé qu'il était plus prudent de l'envoyer dans ma chambre que de le laisser avec elle.

LE COMTE.

Ils n'auraient pas dit un mot que je n'eusse été en tiers.

ROSINE.

Il est bien poli, messieurs, de parler bas sans cesse ! Et ma leçon ?

(*On entend un bruit de vaisselle renversée.*)

BARTHOLO, criant.

Qu'est-ce que j'entends donc ! le cruel barbier

aura tout laissé tomber par l'escalier ; et les plus belles pièces de mon nécessaire...

(Il court dehors.)

SCÈNE VII.

LE COMTE, ROSINE.

LE COMTE.

Profitons du moment que l'intelligence de Figaro nous ménage...accordez-moi, ce soir, je vous en conjure, madame, un moment d'entretien indispensable pour vous soustraire à l'esclavage où vous allez tomber.

ROSINE.

Ah ! Lindor !

LE COMTE.

Je puis monter à votre jalousie ; et quant à la lettre que j'ai reçue de vous ce matin, je me suis vu forcé...

SCÈNE VIII.

ROSINE, BARTHOLO, FIGARO, LE COMTE.

BARTHOLO.

Je ne m'étais pas trompé ; tout est brisé, fracassé.

FIGARO.

Voyez le grand malheur pour tant de train ! on ne voit goutte sur l'escalier. Mais, en montant, j'ai accroché une clé...

(Il la montre au comte.)

BARTHOLO.

On prend garde à ce qu'on fait. Accrocher une clé ! l'habile homme !

FIGARO.

Ma foi, monsieur, cherchez-en un plus subtil.

SCÈNE IX.

LES MÊMES, BASILE.

ROSINE, LE COMTE, à part.

Basile ?

FIGARO, à part.

Qu'ai-je vu ?

BARTHOLO, à Basile.

Quoi ! c'est vous !

BASILE.

Serviteur,

l'aimable compagnie.

ROSINE, à part.

De frayeur je suis saisie.

LE COMTE, FIGARO, à part.

C'est ici qu'il faut du génie. Messager de malheur !

BARTHOLO, à Basile.

J'allais chez vous au plus vite, Soyez le bien rétabli ; Votre accident n'a donc pas de suite ?

LE BARBIER DE SÉVILLE.

BARTHOLO, étonné.

Mon accident ?

FIGARO, passant le linge au cou de Bartholo.

Mais aurons-nous bientôt fini ? Oh ! la maudite barbe ! oh ! chienne de pratique !

BASILE, à Bartholo.

(réplique...)
Je ne vous comprends pas, il faut que l'on m'ex-

BARTHOLO.

Enfin, vous avez vu....

BASILE.

Qui ?

BARTHOLO.

Le notaire.

BASILE.

Le notaire ?

LE COMTE, à Bartholo.

Vous savez que sur cette affaire, Entre nous tout est convenu.

BASILE.

Mais encor faudrait-il ?...

LE COMTE.

Basile, il faut se taire,
Et soyez prudent surtout.

(A Bartholo.)
Vite, vite, renvoyez-le,
S'il s'explique devant elle,
Basile gâtera tout.

ROSINE, à part.

Quelle contrainte cruelle !

FIGARO, bas, à Rosine.

Croyez-moi, tout ira bien.

LE COMTE, à Bartholo.

Du mystère de la lettre
Don Basile ne sait rien.

BASILE, à part.

L'intrigue, je le pénètre,
Fait agir plus d'un moyen.

LE COMTE, à Basile.

Dans votre état de maladie,
Avec la fièvre, enfin quel est l'homme qui sort !

BASILE, effaré.

Avec la fièvre ?

LE COMTE.

Ah ! c'est folie,
Il est pâle comme un mort.

FIGARO, lui tâtant le pouls.

Mais voyez le frisson, le mal qui l'assassine.
Vient redoubler son effort ;
Ce sera, je le devine,
Une fièvre scarlatine.

BASILE, effrayé.

Scarlatine !

LE COMTE, lui donnant une bourse.

Il faut prendre médecine,
Et croyez ce qu'on vous dit.

FIGARO.

Comme il a mauvaise mine !

TOUS.

C'est la fièvre scarlatine,
Vite, allez vous mettre au lit.

BASILE, à part.

A chercher en vain je m'occupe,
Qui diable est ici la dupe :
Ils sont tous dans le secret.

TOUS.

C'est la fièvre scarlatine :
Allez prendre médecine,
Le grand air vous surprendrait.

BASILE, à part.

Ah ! je devine,
Cette bourse m'a mis au fait.

TOUS.

Quel œil terne ! quelle figure !
C'est la fièvre, je vous assure.

BASILE.

Je vais donc me mettre au lit.

TOUS.

Allez vite, cher Basile,
Vous coucher dans un bon lit.

BASILE.

De vous plaire il est facile,
Adieu, messieurs, cela suffit,
Et je vais me mettre au lit.

ROSINE, LE COMTE, FIGARO, à part.

Pour la peur c'est heureux d'en être quitte.

TOUS, à Basile.

Adieu, bonsoir,
Jusqu'au revoir.

BASILE sort et revient.

Adieu, bonsoir,
Jusqu'au revoir.

TOUS.

Adieu, bonsoir,
Jusqu'au revoir.

SCÈNE XI.

ROSINE, LE COMTE, FIGARO, BARTHOLO.

FIGARO, à Bartholo.

Eh bien ! y sommes-nous ?

BARTHOLO, s'asseyant sur le fauteuil, Figaro le rase.

Fort bien.

LE COMTE, bas, à Rosine.

Rosine, écoutez-moi.

ROSINE.

Parlez, je ne perds rien.

LE COMTE.

J'ai la clé de la jalousie,
A minuit, nous serons chez vous.
Chère âme de ma vie,
Dans ce dessein secondez-nous.

FIGARO.

Ahi ! ahi !

BARTHOLO.

Qu'avez-vous ?

FIGARO.

Dans l'œil il m'est entré quelque chose.

BARTHOLO.

Ne frottez pas.

FIGARO.

Pardon, si j'ose...
En soufflant, cela sortira.

ROSINE, bas, au comte.

A minuit, ton amante,
Sensible, impatiente,
En ces lieux t'attendra.

FIGARO, faisant des signes au comte pour l'avertir
que Bartholo va le surprendre.

Hem ! hem !

LE COMTE, bas, à Rosine.

Et quant à votre lettre,
Tantôt je me trouvais dans un tel embarras,
Pour qu'il ne pût me reconnaître
A mon déguisement...

BARTHOLO, s'avançant entre les deux amans.

Mais ne vous gênez pas.

(Il contrefait le comte en répétant ce vers du duo
précédent.)

Que le ciel vous tienne en joie.

(Il attaque ensuite avec colère l'allégro suivant.)

Quelle insolence !
Comment ! en ma présence,
On ose m'outrager ainsi.
Vils suborneurs, émissaires du diable,
Je punirai votre ruse coupable,
Traîtres, sortez d'ici ?

TOUS, à Bartholo.

Pourquoi cet accès de démence ?
Docteur, gardez le silence,
Ou l'on se moquera de vous.

BARTHOLO.

Eh quoi ! sans pudeur on m'offense.
Redoutez mon courroux.

TOUS, à part.

Il faut le laisser exhaler sa colère,
L'amour nous promet le destin le plus doux.
Et pour cette nuit dans l'ombre du mystère,
Il vient marquer l'heure du rendez-vous.

BARTHOLO.

Vil suborneur, détestable émissaire,
Redoutez mon courroux !

TOUS.

Ah ! quelle colère !
Fuyons ce loup-garou,
Il est fou, d'honneur, il est fou !

(Le théâtre s'obscurcit ; on entend un bruit d'orage ;
on voit les éclairs à travers les fenêtres.)

ACTE QUATRIÈME.

Même décor.

SCÈNE I.

BARTHOLO, BASILE, une lanterne de papier à la main.

BARTHOLO.

Comment, Basile, vous ne le connaissez pas ?... ce que vous dites est-il possible ?...

BASILE.

Vous m'interrogeriez cent fois, que je vous ferais toujours la même réponse. S'il vous a remis la lettre de Rosine, c'est sans doute un des émissaires du comte. Mais, à la magnificence du présent qu'il m'a fait, il se pourrait que ce fût le comte lui-même.

BARTHOLO.

A propos de présent... eh ! pourquoi l'avez-vous reçu ?

BARTHOLO.

Vous aviez l'air d'accord ; je n'y entendais rien ; dans les cas difficiles à juger, une bourse d'or me paraît toujours un argument sans réplique. Et puis, comme dit le proverbe : Ce qui est bon à prendre...

BARTHOLO.

J'entends, est bon...

BASILE.

A garder.

BARTHOLO, surpris.

Ah ! ah !

BASILE.

Oui, j'ai arrangé comme cela plusieurs petits proverbes avec des variations. Adieu donc ; souvenez-vous, en parlant à la pupille, de les rendre plus noirs que l'enfer.

BARTHOLO.

Vous avez raison.

BASILE.

La calomnie, docteur, la calomnie... Il faut toujours en venir là.

BARTHOLO.

Voici la lettre de Rosine, que cet Alonzo m'a remise, et il m'a montré, sans le vouloir, l'usage que j'en dois faire auprès d'elle.

BASILE.

Adieu ; nous serons ici à quatre heures.

BARTHOLO.

Pourquoi pas plus tôt ?

BASILE.

Impossible ; le notaire est retenu.

BARTHOLO.

Pour un mariage ?

BASILE.

Oui, chez le barbier Figaro ; c'est sa nièce qu'il marie.

BARTHOLO.

Sa nièce ?... Il n'en a pas, ce drôle est du complot. Tenez, je ne suis pas tranquille. Retournez chez le notaire, qu'il vienne ici sur-le-champ avec vous.

BASILE.

Il pleut, il fait un temps du diable, mais rien ne m'arrête pour vous servir. Que faites-vous donc ?

BARTHOLO.

Je vous reconduis. N'ont-ils pas fait estropier tout mon monde par ce Figaro ? Je suis seul ici.

BASILE.

J'ai ma lanterne.

BARTHOLO.

Tenez, Basile, voilà mon passe-partout, je vous attends, je veille ; et vienne qui voudra, hors le notaire et vous, personne n'entrera de la nuit.

BASILE.

Avec ces précautions, vous êtes sûr de votre fait.

SCÈNE II.

ROSINE, sortant de sa chambre.

Il me semblait avoir entendu parler... Il est minuit sonné ; Lindor ne vient point ! ce mauvais temps même était propre à le favoriser... sûr de ne rencontrer personne... Ah ! Lindor ! si vous m'aviez trompée !... Quel bruit entends-je ? Dieu ! c'est mon tuteur. Rentrons.

SCÈNE III.

ROSINE, BARTHOLO.

BARTHOLO, rentrant avec de la lumière.

Ah ! Rosine, puisque vous n'êtes pas encore rentrée dans votre appartement...

ROSINE.

Je vais me retirer.

BARTHOLO.

J'ai des choses très pressées à vous dire.

ROSINE, à part.

S'il allait venir !

BARTHOLO, lui montrant sa lettre.

Connaissez-vous cette lettre ?

ROSINE.

Ah ! grands dieux !...

BARTHOLO.

Mon intention, Rosine, n'est point de vous faire des reproches : à votre âge, on peut s'égarer ; mais je suis votre ami ; écoutez-moi.

ROSINE, à part.

Je n'en puis plus.

BARTHOLO.

Cette lettre que vous avez écrite au comte Almaviva...

ROSINE, étonnée.

Au comte Almaviva?

BARTHOLO.

Voyez quel homme affreux est ce comte : aussitôt qu'il l'a reçue, il en a fait trophée; je la tiens d'une femme à qui il l'a sacrifiée.

ROSINE.

Le comte Almaviva?

BARTHOLO.

J'en frémis! le plus abominable complot entre Almaviva, Figaro et cet Alonzo, cet élève supposé de Basile, qui porte un autre nom, et n'est que le vil agent du comte, allait vous entraîner dans un abîme dont rien n'eût pu vous tirer.

ROSINE.

Quelle horreur!... Quoi! Lindor!... Quoi, ce jeune homme!...

BARTHOLO, à part.

Ah! c'est Lindor.

ROSINE.

C'est pour le comte Almaviva... c'est pour un autre...

BARTHOLO.

Voilà ce qu'on m'a dit, en me remettant votre lettre.

ROSINE, outrée.

Ah! quelle indignité!... il en sera puni... Monsieur, vous avez désiré de m'épouser?

BARTHOLO.

Tu connais la vivacité de mes sentimens.

ROSINE.

S'il peut vous en rester encore, je suis à vous.

BARTHOLO.

Eh bien, le notaire viendra cette nuit même.

ROSINE.

Ce n'est pas tout; ô ciel! suis-je assez humiliée?... Apprenez que dans peu le perfide ose entrer par cette jalousie, dont ils ont eu l'art de vous dérober la clé...

BARTHOLO, regardant au trousseau.

Ah! les scélérats! Mon enfant, je ne te quitte plus.

ROSINE, avec effroi.

Ah! monsieur! et s'ils sont armés?...

BARTHOLO.

Tu as raison; je perdrais ma vengeance. Monte chez Marceline : enferme-toi chez elle à double tour. Je vais chercher main-forte, et l'attendre auprès de la maison. Arrêté comme un voleur, nous aurons le plaisir d'en être à la fois vengés et délivrés et; compte que mon amour te dédommagera.

ROSINE, au désespoir.

Oubliez seulement mon erreur. (A part.) Je m'en punis assez!

BARTHOLO, s'en allant.

Allons nous embusquer. A la fin, je le tiens.

SCÈNE IV.

ROSINE, seule.

RÉCITATIF.

Le désespoir est dans mon cœur.
Il va venir... O ciel! que faire?
Je veux rester; déguiser ma colère,
Pour mieux le contempler dans toute sa noirceur.

AIR.

O douleur! ô peine extrême!
Il a trahi sa foi!
Hélas! celui que j'aime,
Lindor est indigne de moi.
O ciel! aurais-je pu m'attendre
Que Lindor fût un séducteur,
Et qu'il unît pour me surprendre,
Le plus perfide cœur
Au regard le plus tendre?...
O douleur! etc.
Ciel! on ouvre la jalousie! (1)

SCÈNE V.

FIGARO, enveloppé d'un manteau, paraît à la fenêtre, LE COMTE, en dehors.

FIGARO, sautant dans la chambre.

Nous voici enfin arrivés, malgré la pluie, la foudre, et les éclairs.

LE COMTE, enveloppé d'un long manteau.

Donne-moi la main. (Il saute à son tour.) A nous la victoire!

FIGARO, jetant son manteau.

Monseigneur, comment trouvez-vous cette nuit?

LE COMTE.

Superbe pour un amant.

FIGARO.

Oui, mais pour un confident?

LE COMTE.

Silence, la voici!

(1) Pour la province, cette scène peut être déclamée :

SCÈNE IV.

ROSINE.

Son amour me dédommagera... Malheureuse!... (Elle tire son mouchoir et s'abandonne aux larmes.) Que faire?... Il va venir. Je veux rester, et feindre avec lui, pour le contempler un moment dans toute sa noirceur. La bassesse de son procédé sera mon préservatif... Ah! j'en ai grand besoin. Figure noble! air doux! une voix si tendre!... et ce n'est que le vil agent d'un corrupteur! Ah! malheureuse! malheureuse!... Ciel! on ouvre la jalousie! (Elle se sauve.)

SCÈNE VI.

LE COMTE, ROSINE, FIGARO.

(Figaro allume toutes les bougies qui sont sur la table.)

LE COMTE.

Ma belle Rosine !...

ROSINE, d'un ton très composé.

Je commençais, monsieur, à craindre que vous ne vinssiez pas.

LE COMTE.

Charmante inquiétude !... Mademoiselle, il ne me convient point d'abuser des circonstances, pour vous proposer de partager le sort d'un infortuné ; mais quelque asile que vous choisissiez, je jure mon honneur...

ROSINE.

Monsieur, si le don de ma main n'avait pas dû suivre à l'instant celui de mon cœur, vous ne seriez pas ici. Que la nécessité justifie à vos yeux ce que cette entrevue a d'irrégulier.

LE COMTE.

Vous, Rosine ! la compagne d'un malheureux ! sans fortune, sans naissance !...

ROSINE.

La naissance, la fortune ; laissons là les jeux du hasard ; et si vous m'assurez que vos intentions sont pures...

LE COMTE, à ses pieds.

Ah ! Rosine ! je vous adore !

ROSINE, indignée.

Arrêtez, malheureux... vous osez profaner !... Tu m'adores !... Va ! tu n'es plus dangereux pour moi ; j'attendais ce mot pour te détester. Mais, avant de t'abandonner au remords qui t'attend... (En pleurant.) apprends que je t'aimais, que je faisais mon bonheur de partager ton mauvais sort. Misérable Lindor ! j'allais tout quitter pour te suivre. Mais le lâche abus que tu as fait de mes bontés, et l'indignité de cet affreux comte Almaviva, à qui tu me vendais, ont fait rentrer dans mes mains ce témoignage de ma faiblesse. Connais-tu cette lettre ?

LE COMTE, vivement.

Que votre tuteur vous a remise ?

ROSINE, fièrement.

Oui, je lui en ai l'obligation.

LE COMTE.

Dieu, que je suis heureux ! il la tient de moi. Dans mon embarras, hier, je m'en suis servi pour arracher sa confiance ; et je n'ai pu trouver l'instant de vous en informer. Ah ! Rosine, il est donc vrai que vous m'aimez véritablement !...

FIGARO.

Monseigneur, vous cherchiez une femme qui vous aimât pour vous-même.

ROSINE.

Monseigneur !... que dit-il ?

LE COMTE, jetant son manteau, paraît en habit magnifique.

O la plus aimée des femmes ! il n'est plus temps de vous abuser : l'heureux homme que vous voyez à vos pieds n'est point Lindor ; je suis le comte Almaviva, qui meurt d'amour, et vous cherche en vain depuis six mois.

ROSINE, tombant dans les bras du comte

Ah !

LE COMTE, effrayé.

Figaro ?

FIGARO.

Point d'inquiétude, monseigneur, la douce émotion de la joie n'a jamais de suites fâcheuses : la voilà, la voilà qui reprend ses sens : morbleu ! qu'elle est belle !

TRIO.

ROSINE.

Surprise extrême !
Quoi ! c'est lui-même ?
Moment d'ivresse et de bonheur !

FIGARO.

Il faut que je m'applaudisse ;
De cet heureux artifice
C'est moi qui suis l'auteur.

LE COMTE.

Quel charme ! quel délire !
Non, je ne saurais décrire
Ce qui se passe dans mon cœur.

ROSINE.

Ah ! je crains tout de sa fureur jalouse,
Mon tuteur...

LE COMTE.

Il peut venir ;
Le nom de ma épouse
A vos pieds va le retenir.

ROSINE, LE COMTE.

Qu'une flamme si belle,
Dans mon âme soit éternelle !

FIGARO.

Mais partons vite, vous soupirerez après.

ROSINE, LE COMTE.

Après toutes nos alarmes,
Amour, tout cède à tes armes,
Quel bonheur tu nous promets !
Toute la vie
Mon cœur brûlera.

FIGARO.

Partons vite, je vous prie,
Ou ma lanterne s'éteindra.
(Il regarde par la fenêtre.)
Deux personnes à la porte !
Que le diable les emporte !
C'est notre échelle assurément.

TOUS.

Notre échelle est toute prête,
Par là nous ferons retraite ;
Puisque rien ne nous arrête,
Délogeons tous à l'instant.

FIGARO, regardant à la fenêtre.

Monseigneur, le retour est fermé, l'échelle est enlevée.

LE COMTE.

Enlevée !

ROSINE, troublée.

Oui, c'est moi... c'est le docteur. Voilà le fruit de ma crédulité. Il m'a trompée. J'ai tout avoué, tout trahi : il sait que vous êtes ici, et va venir avec main-forte.

FIGARO, regardant encore.

Monseigneur ! on ouvre la porte de la rue.

ROSINE, courant dans les bras du comte, avec frayeur.

Ah ! Lindor !...

LE COMTE, avec fermeté.

Rosine, vous m'aimez ; je ne crains personne, et vous serez ma femme. J'aurai donc le plaisir de punir à mon gré l'odieux vieillard !...

ROSINE.

Non, non, grâce pour lui, cher Lindor ! mon cœur est si plein, que la vengeance ne peut y trouver place.

SCÈNE VII.

LES MÊMES, LE NOTAIRE, BASILE.

FIGARO.

Monseigneur, c'est notre notaire.

LE COMTE.

Et l'ami Basile avec lui.

BASILE.

Ah ! qu'est-ce que j'aperçois ?

FIGARO.

Eh ! par quel hasard, notre ami ?...

BASILE.

Par quel accident, messieurs ?...

LE NOTAIRE.

Sont-ce là les futurs conjoints ?

LE COMTE.

Oui, monsieur. Vous deviez unir la signora Rosine et moi, cette nuit, chez le barbier Figaro ; mais nous avons préféré cette maison par des raisons que vous saurez. Avez-vous notre contrat ?

LE NOTAIRE.

J'ai donc l'honneur de parler à Son Excellence monseigneur le comte Almaviva ?

FIGARO.

Précisément.

BASILE, à part.

Si c'est pour cela qu'il m'a donné le passe-partout..

LE NOTAIRE.

C'est que j'ai deux contrats de mariage. Monseigneur, ne confondons point : voici le vôtre ; et c'est ici celui du docteur Bartholo, avec la signora... Rosine aussi. Les demoiselles, apparemment, sont deux sœurs qui portent le même nom.

LE COMTE.

Signons toujours. Don Basile voudra bien nous servir de second témoin.　　　(Ils signent.)

BASILE.

Monseigneur... Mais si le docteur...

LE COMTE, lui jetant une bourse.

Vous faites l'enfant. Signez donc vite.

BASILE.

Ah ! oh !　　　　　　　　(Il signe.)

SCÈNE VIII.

LES MÊMES, MARCELINE, BARTHOLO, UN ALCADE, DES ALGUASILS, DES VALETS avec des flambeaux.

BARTHOLO, voyant le comte baiser la main de Rosine, et Figaro embrassant grotesquement Basile ; il crie en prenant le notaire à la gorge.

Rosine avec ces fripons ! arrêtez tout le monde. J'en tiens un au collet.

LE NOTAIRE.

C'est votre notaire.

BASILE.

C'est votre notaire. Vous moquez-vous ?

BARTHOLO.

Ah ! don Basile ! Eh ! comment êtes-vous ici ?

BASILE.

Comment n'y êtes-vous pas ?

L'ALCADE, à Figaro.

Qui êtes-vous ?

FIGARO.

Je suis de la compagnie de monseigneur le comte Almaviva.

BARTHOLO.

Almaviva !

L'ALCADE.

Ce ne sont donc pas des voleurs ?

BARTHOLO.

Laissons cela. Comte ou non, qu'on se retire.

LE COMTE.

Oui, le rang doit être ici sans force ; mais ce qui en a beaucoup, c'est la préférence que mademoiselle vient de m'accorder sur vous, en se donnant à moi volontairement.

BARTHOLO.

Que dit-il ? Rosine !

ROSINE.

Il dit vrai.

BARTHOLO.

Plaisant mariage ! Où sont les témoins ?

LE NOTAIRE.

Je suis assisté de ces deux messieurs.

BARTHOLO.

Comment, Basile ! vous avez signé ?

BASILE.

Que voulez-vous? ce diable d'homme a toujours ses poches pleines d'argumens irrésistibles.

BARTHOLO.

Je me moque de ses argumens. Jamais on ne l'ôtera de mes mains.

LE COMTE.

Elle n'est plus en votre pouvoir. Elle est ma femme. Je la mets sous l'autorité des lois.

L'ALCADE.

Certainement. Cette inutile résistance au plus honorable mariage indique assez sa frayeur sur la mauvaise administration des biens de sa pupille, dont il faudra qu'il rende compte.

LE COMTE.

Ah! qu'il consente à tout; et je ne lui demande rien.

BARTHOLO.

Ils étaient tous contre moi.

BASILE.

Oui, mais l'argent vous reste.

BARTHOLO.

Vous ne songez qu'à l'argent. Je me soucie bien de l'argent, moi! à la bonne heure, je le garde; mais croyez-vous que ce soit le motif qui me détermine?   (Il signe.)

FIGARO, riant.

Ah! ah! ah! Monseigneur, ils sont de la même famille.

BARTHOLO.

Et moi qui leur ai enlevé l'échelle, pour que le mariage fût plus sûr!

FIGARO.

Quand la jeunesse et l'amour sont d'accord pour tromper un vieillard, tout ce qu'il fait pour l'empêcher peut bien s'appeler la *Précaution inutile.*

CHŒUR FINAL.

Chantons cette journée,
Pour nous/vous si fortunée,
Et qu'un doux hyménée
Toujours nous/vous rende heureux!

FIN DU BARBIER DE SÉVILLE.

Paris. — Imprimerie de Dubuisson, rue Coq-Héron, 5.